Mes histoires pr

 n°2

PRESSES AVENTURE

Histoires publiées pour la première fois en langue française sous les titres :

Bleu ou rouge, il faut que ça bouge (2006), *Un son effrayant* (2010) et *Noël à Radiator Springs* (2009).

Publié par Presses Aventure, une division de
Les Publications Modus Vivendi inc.
55, rue Jean-Talon Ouest, 2e étage
Montréal (Québec) H2R 2W8
CANADA

Publiés pour la première fois en version originale anglaise par Random House sous les titres : *Old, New, Red, Blue!* (2006), *The Spooky Sound* (2010) et *A Cars Christmas* (2009).

Dépôt légal — Bibliothèque et Archives nationales du Québec, 2011
Dépôt légal — Bibliothèque et Archives Canada, 2011

ISBN 978-2-89660-350-3

Nous reconnaissons l'aide financière du gouvernement du Canada par l'entremise du Fonds du livre du Canada pour nos activités d'édition.

Gouvernement du Québec – Programme de crédit d'impôt pour l'édition de livres — Gestion SODEC

Imprimé en Chine

Table des matières

DISNEY · PIXAR

Les bagnoles

BLEU OU ROUGE,
IL FAUT QUE ÇA
BOUGE !

Écrit par Melissa Lagonegro

Traduit de l'anglais par Catherine Girard-Audet

Vieux camion.

Nouvelle voiture.

Camion rouge.

Voiture bleue.

Claire et brillante.

Brun et terne.

Journée sur la route.

Soirée en ville.

Voiture sale.

Voiture propre.

Gentille voiture.

Méchante voiture.

Conduite rapide,

rapide, rapide.

Conduite lente
et tranquille.

Voiture tout en hauteur.

Voiture au ras du sol.

Les pneus sont grands.

Les pneus sont petits.

Une pile de pneus,
petits et grands.

Les pneus roulent sur la chaussée.

Les voitures et
les camions roulent
un peu partout.

Bip ! Bip !

UN SON EFFRAYANT

Écrit par Melissa Lagonegro

Illustré par Ron Cohee

Traduit de l'anglais par Emie Vallée

Flash McQueen et Mater
aiment raconter des histoires
qui font peur.

Leurs amis ont peur !

Mais pas Flash et Mater.

Flash et Mater roulent
vers la maison.
<u>Ouh, oooouh !</u>
Ils entendent
un son effrayant.

Ils veulent
découvrir
d'où il vient.

Flash et Mater passent devant l'atelier de peinture de Ramone.

Ouh, ooouh !

Mater voit
une silhouette terrifiante.

Flash entre
dans l'atelier.
Il trouve de la peinture !
Il dit à Mater :
« Il n'y a pas de monstre ! »

43

Ils passent devant
le garage de Doc.
C'est encore ouvert.
<u>Ouh, ooouh</u> !

Le bruit est plus fort.

Ils voient des étincelles

et des flammes.

Est-ce un monstre qui

crache du feu ?

Mater a peur.

Mais il n'y a pas de

monstre qui crache du feu !

C'est Doc qui répare Sergent.

Les amis roulent
vers la Casa Della Tires.
Ouh, ooouh !
Le bruit se rapproche.
Mater voit une
silhouette inquiétante.

Est-ce un monstre

à deux têtes ?

Flash trouve
une grande pile de pneus.
Luigi et Guido
tiennent un solde !

Mater et Flash

roulent vers le désert.

Ouh, ooouh !

Mater voit une lueur
dans le ciel.
Est-ce un monstre
qui luit ?

Mais Flash aperçoit

Al Oft.

Il fait un vol de nuit.

Flash et Mater
roulent encore.
Ouh, ooouh !
Le bruit est
tout proche !

Mater est terrifié !

Flash veut savoir
d'où vient le bruit.
Il se retourne
très lentement.

Le bruit ne vient

pas d'un monstre !

Pas d'un feu !

Pas d'un monstre

à deux têtes !

Il n'y a rien qui luit.

C'est Shérif !

Il pétarade

dans son sommeil !

Flash et Mater
éclatent de rire.
Ils n'ont plus peur !

Mais ils aperçoivent

deux yeux qui brillent !

Oh, non !

Qu'est-ce que c'est ?

Ils préfèrent déguerpir !

Noël à
Radiator Springs

Écrit par Melissa Lagonegro

Illustré par the Disney Storybook Artists

Inspiré de l'oeuvre et des personnages créés par Pixar

Traduit de l'anglais par Karine Blanchard

À Radiator Springs, la magie de Noël est dans l'air !

C'est le moment le plus amusant de l'hiver.

Flash et Sally décorent
l'arbre de pneus.

Mater installe les
lumières de son mieux.

Flo sert des pintes
d'huile enrubannées.

L'échelle de Red est

tout illuminée.

Sergent guide les autres
bagnoles.

Mater tire le traîneau
plein de babioles.

Ramone peint des lignes
sur Flash McQueen.

En rouge et vert, il a
bonne mine.

Lizzie vend des autocollants.

Luigi fait des couronnes
de pneus et de rubans.

Les bagnoles rentrent à la
maison avec leurs achats.

Shérif s'assure que tous
s'arrêtent au bon endroit.

Ah ! Flash s'est élancé !

Mater est là, prêt
à l'aider.

Guido astique

tous les pneus.

Sally se réchauffe près
du feu.

Doc s'assure que Sergent
est bien rempli.

Mater éternue à cause du gui.

Fillmore offre à chacun
le plein d'essence.

Flash déblaie la cour
avec aisance.

Toute la ville est prête
à célébrer.

Noël est le plus beau
moment de l'année !